हिन्द पॉकेट बुक्स

महान दार्शनिक

डॉ. सर्वेपल्लि राधाकृष्णन्

ये बड़े-बड़ों की जीवनियां हैं, जिन्हें छोटों एवं किशोरों के लिए सजाया-संवारा गया है, ताकि इन्हें पढ़कर उनमें उनके जैसा बनने, ऊंचा उठने और दुनिया में बड़ा नाम कमाने की प्रेरणा जगा सके।

महान व्यक्तियों की ये जीवनियां बहुत आसान भाषा में और कहानियों की तरह रोचक ढंग से लिखी गई हैं। इसलिए इन्हें याद करने में भी बड़ी आसानी होगी।

महान दार्शनिक डॉ. राधाकृष्णन् भारतीय संस्कृति के संवाहक, प्रख्यात शिक्षाविद् और एक आस्थावान हिन्दू विचारक थे। इनके इन्हीं गुणों के कारण भारत सरकार ने उन्हें सर्वोच्च सम्मान भारत रत्न से अलंकृत किया था। उन्हीं महान दार्शनिक की जीवनी दी गई है यहां, ताकि इससे प्रेरणा लेकर बालक उन जैसा बन सकें।

लेखिका की अन्य पुस्तकें

1. राष्ट्रपितामह स्वामी दयानंद सरस्वती
2. महान स्वतंत्रता सेनानी लाला लाजपत राय
3. महान राष्ट्र निर्माता सरदार बल्लभभाई पटेल
4. हमारे राष्ट्रपिता महात्मा गांधी
5. महान धरती पुत्र लाल बहादुर शास्त्री

सुरुचिपूर्ण एवं प्रेरक जीवनी

महान दार्शनिक

डॉ. सर्वेपल्लि राधाकृष्णन्

मधु धामा

हिन्द पॉकेट बुक्स

पेंगुइन रैंडम हाउस इम्प्रिंट

हिन्द पॉकेट बुक्स

यूएसए | कनाडा | यूके | आयरलैंड | ऑस्ट्रेलिया | सिंगापुर
न्यू ज़ीलैंड | भारत | दक्षिण अफ्रीका | चीन

हिन्द पॉकेट बुक्स, पेंगुइन रैंडम हाउस ग्रुप ऑफ़ कम्पनीज़ का हिस्सा है,
जिसका पता global.penguinrandomhouse.com पर मिलेगा

पेंगुइन रैंडम हाउस इंडिया प्रा. लि.,
चौथी मंजिल, कैपिटल टावर -1, एम जी रोड,
गुड़गांव 122 002, हरियाणा, भारत

पेंगुइन
रैंडम हाउस
इंडिया

प्रथम हिन्दी संस्करण हिन्द पॉकेट बुक्स द्वारा 2014 में प्रकाशित
यह हिन्दी संस्करण हिन्द पॉकेट बुक्स में पेंगुइन रैंडम हाउस द्वारा 2021 में प्रकाशित

10 9 8 7 6 5 4 3 2

इस पुस्तक में व्यक्त विचार लेखक के अपने हैं, जिनका यथासंभव तथ्यात्मक सत्यापन किया गया है, और इस संबंध में प्रकाशक एवं सहयोगी प्रकाशक किसी भी रूप में उत्तरदायी नहीं हैं।

ISBN 9789353491222

मुद्रकः रेप्रो इंडिया लिमिटेड

www.penguin.co.in

FSC www.fsc.org MIX Paper from responsible sources FSC™ C047271

This is a legitimate digitally printed version of the book and therefore might not have certain extra finishing on the cover.

क्रम

बंदरों से डर कर भागते हुए बालक राधाकृष्णन्

डॉ. सर्वेपल्लि राधाकृष्णन् का बचपन

दो बालक विद्यालय में पढ़ने के लिए जा रहे थे। रास्ते में एक बगीचा पड़ता था, जिसमें बहुत से बंदर रहते थे। उस दिन जब वे बगीचे के बीच में पहुंचे तो बंदरों के एक झुण्ड ने अचानक उनको घेर लिया।

बंदरों के आक्रामक रुख को देखकर दोनों बालक भागने लगे। उन्हें भागता देखकर बंदर भी उनके पीछे-पीछे दौड़ने लगे। एक युवा संन्यासी ने जब यह दृश्य देखा तो चिल्लाया, "भागो मत रुको और बंदरों का सामना करो।"

वे रुक गये और बंदरों को ललकारने लगे। बंदर अंततः पेड़ों पर चढ़ गए। उस संन्यासी ने उन बालकों को कहा, "एक दिन मैं भी बंदरों को देखकर भागा था और एक वृद्ध संन्यासी ने मुझे भी ऐसा ही कहा था जैसा मैंने तुम्हें कहा। और बंदर उस दिन भी भाग गए थे और आज भी भाग गए।"

"स्वामी जी अब हम समझ गए कि विपत्ति से नहीं भागना चाहिए।" एक बालक ने कहा।

तो स्वामी जी ने दूसरे बालक से पूछा, "तो तुम्हें क्या शिक्षा मिली?"

बालक राधाकृष्णन् को
स्वामी विवेकानंद की सीख

"मुझे शिक्षा मिली है कि जो ज्ञान हम अर्जित करते हैं वह हमें अपने पास नहीं रखना चाहिए और दूसरों को प्रदान कर देना चाहिए, ताकि और दूसरे लोगों का कल्याण हो।"

बालकपन में ज्ञान की बातें करने वाला यह बालक एक दिन महान दार्शनिक बना और भारतीय धर्म, दर्शन और संस्कृति पर विख्यात इस महान पुरुष के विचार आधुनिक संसार को प्रेरणा देने वाले सिद्ध हुए। इनका नाम था डॉ. सर्वेपल्लि राधाकृष्णन्, जो उस दिन के बाद स्वामी विवेकानंद का परम् भक्त बन गया था और उनके भाषणों को सुनने जाने लगा था, क्योंकि जिन संत ने इन्हें कहा था कि भागो मत रुको, वह और कोई नहीं बल्कि स्वयं स्वामी विवेकानंद ही थे।

डॉ. राधाकृष्णन् का जन्म 5 सितम्बर, 1888 को आन्ध्र-प्रदेश के तिरुतणि नामक गांव में हुआ था। डॉ. राधाकृष्णन् आगे चलकर भारतीय गणतन्त्र के दूसरे राष्ट्रपति बने। उनके पिता वीरस्वामी पुरोहिताई करते थे, साथ ही शिक्षण का कार्य भी करते थे। कहना न होगा कि डॉ. राधाकृष्णन् को धर्म व शिक्षण के कार्य उत्तराधिकार में प्राप्त हुए। परिवार में उन्हें धार्मिक वातावरण मिला। पिता ने ही बालक राधाकृष्णन् को अक्षर-ज्ञान दिया। बारह वर्ष की आयु तक वह गांव में ही रहे। उनकी शिक्षा का आरम्भ मिशनरी स्कूल से हुआ। राधाकृष्णन् बाल्यकाल से ही संयमी व मेधावी थे। पढ़े हुए का मन-ही-मन विश्लेषण करना उन्हें विशेष रूप से प्रिय था। ईसाई धर्म-प्रचारकों के साथ ने अंग्रेज़ी भाषा पर असाधारण अधिकार करने की क्षमता प्रदान की। इस प्रकार हम कह सकते हैं कि पूर्व

व पश्चिमी सभ्यताओं के अनुपम मिश्रण के बीच उन्होंने शिक्षा ग्रहण की। उन्होंने अन्य लोगों की भांति ईसाई धर्म की हिन्दू धर्म पर श्रेष्ठता की इच्छा को कभी बल नहीं दिया, बल्कि ईसाइयों की अपने धर्म के प्रति निष्ठा और त्याग देखकर वह हिन्दू धर्म की ओर तीव्र गति से आकर्षित हुए। इस तरह माता-पिता द्वारा दिए गए भारतीय संस्कारों की अमिट छाप कभी भी धूमिल नहीं हुई। अपनी सभ्यता, संस्कृति और धर्म के रंग में वे ऐसे रंगे कि उस सांस्कृतिक प्रकाश से सारा विश्व ही आलोकित हो उठा।

डॉ. राधाकृष्णन् का विद्यार्थी जीवन

डॉ. सर्वेपल्लि राधाकृष्णन् का बाल्यकाल तिरुतणि एवं तिरुपति जैसे धार्मिक स्थलों पर ही व्यतीत हुआ। इन्होंने प्रथम आठ वर्ष तिरुतणि में ही गुजारे। यद्यपि इनके पिता पुराने विचारों के इंसान थे और उनमें धार्मिक भावनाएं भी थीं, इसके बावजूद उन्होंने राधाकृष्णन् को क्रिश्चियन मिशनरी संस्था लुथर्न मिशन स्कूल, तिरुपति में 1896-1900 के मध्य विद्याध्ययन के लिए भेजा। फिर अगले 4 वर्ष (1900 से 1904) की शिक्षा वेल्लूर में हुई। इसके बाद इन्होंने मद्रास क्रिश्चियन कॉलेज, मद्रास में शिक्षा प्राप्त की। वह बचपन से ही मेधावी थे।

इन 12 वर्षों के अध्ययन काल में डॉ. राधाकृष्णन् ने बाइबिल के महत्त्वपूर्ण अंश भी याद कर लिए। इसके लिए इन्हें विशिष्ट योग्यता का सम्मान प्रदान किया गया। इस उम्र में इन्होंने सावरकर, महर्षि दयानंद सरस्वती और स्वामी विवेकानन्द का भी अध्ययन किया। इन्होंने 1902 में मैट्रिक स्तर की परीक्षा उत्तीर्ण की और इन्हें छात्रवृत्ति भी प्राप्त हुई। इसके बाद इन्होंने 1904 में कला संकाय परीक्षा प्रथम श्रेणी में उत्तीर्ण की। इन्हें मनोविज्ञान, इतिहास और

पिता के साथ बालक राधाकृष्णन्

गणित विषय में विशेष योग्यता की टिप्पणी भी उच्च प्राप्तांकों के कारण मिली। इसके अलावा क्रिश्चियन कॉलेज, मद्रास ने इन्हें छात्रवृत्ति भी दी। बी.ए. के बाद वैकल्पिक विषय का चुनाव करना था। उनका चचेरा भाई दर्शनशास्त्र की पुस्तकें ले आया। उन्होंने उन पुस्तकों को बड़े चाव से पढ़ा। बस, उन्हीं क्षणों में इस भावी दार्शनिक का दिशा-निर्धारण हो गया। उन्होंने दर्शन शास्त्र में एम.ए. किया और सन् 1916 में मद्रास रेजीडेंसी कॉलेज में दर्शनशास्त्र के सहायक प्राध्यापक नियुक्त हुए। वह प्राध्यापक भी रहे। डॉ. राधाकृष्णन् ने अपने लेखों और भाषणों के माध्यम से विश्व को भारतीय दर्शनशास्त्र से परिचित कराया। सारे विश्व में उनके लेखों की प्रशंसा की गई।

अनेक बार उन्होंने स्वामी विवेकानंद के भाषण सुने। उनके भाषणों के एक-एक शब्द से सच्चे हिन्दू का परिचय मिलता था। डॉ. राधाकृष्णन् उस अनूठे व्यक्तित्व से अभिभूत हो गए और स्वयं हिन्दू होने के स्वाभिमान से भर उठे। स्वामी विवेकानंद के बाद एक वही भारतीय दार्शनिक थे, जिन्होंने हिन्दू धर्म को उचित ढंग से सारी दुनिया के सामने रखा। हिन्दू धर्म में फैली सारी ग़लतफ़हमियां भारत के इस आधुनिक राजर्षि ने ऐसे दूर कर दीं कि पश्चिम के विद्वानों को हिन्दू-दर्शन के सम्बन्ध में उनका लोहा मानना पड़ा। वे भारतीय संस्कृति के महान ज्ञाता बनकर उभरे।

“स्वामी विवेकानंद के अद्भुत साहस व उनकी विद्वत्ता ने हिन्दू धर्म के प्रति मेरे इस अभिमान को जाग्रत किया, जिस पर ईसाई मिशनरियों द्वारा अब तक बराबर आघात किया जाता रहा

अध्ययनरत् किशोर राधाकृष्णन्

था।” यह बात उन्होंने स्वयं पर विवेकानंद के प्रभाव के सम्बन्ध में कही थी।

दर्शनशास्त्र के गम्भीर अध्ययन व मनन ने इसी विषय में उन्हें एम.ए. करने की प्रेरणा दी थी। केवल बीस वर्ष की आयु में उन्हें मद्रास के प्रेसीडेंसी कॉलेज में दर्शनशास्त्र का प्राध्यापक नियुक्त किया गया था। इस अवधि में उन्होंने भारतीय सभ्यता और दर्शन का पठन-पाठन किया। देशी-विदेशी पत्रिकाओं में उनके विद्वत्तापूर्ण लेख छपने लगे और उनसे ज्ञानरूपी सुगन्ध चारों ओर फैलने लगी।

डॉ. सर्वेपल्लि का दाम्पत्य जीवन

उस समय मद्रास के ब्राह्मण परिवारों में कम उम्र में ही शादी सम्पन्न हो जाती थी और राधाकृष्णन् भी उसके अपवाद नहीं रहे। 1903 में 16 वर्ष की आयु में ही उनका विवाह दूर के रिश्ते की बहन सिवाकामू के साथ सम्पन्न हो गया। उस समय उनकी पत्नी की आयु मात्र 10 वर्ष की थी। अतः तीन वर्ष बाद उनकी पत्नी ने उनके साथ में रहना आरम्भ कर दिया। यद्यपि उनकी पत्नी सिवाकामू ने परम्परागत रूप से शिक्षा प्राप्त नहीं की थी, लेकिन उनका तेलुगू भाषा पर अच्छा अधिकार था। वह अंग्रेजी भाषा भी लिख-पढ़ सकती थीं। 1908 में राधाकृष्णन् दम्पति को संतान के रूप में पुत्री की प्राप्ति हुई। 1908 में ही उन्होंने कला स्नातक की उपाधि प्रथम श्रेणी में प्राप्त की और दर्शनशास्त्र में विशिष्ट योग्यता प्राप्त की। शादी के 6 वर्ष बाद ही 1909 में इन्होंने कला में स्नातकोत्तर परीक्षा भी उत्तीर्ण कर ली। इनका विषय दर्शनशास्त्र ही रहा। उच्च अध्ययन के दौरान वह अपनी निजी आमदनी के लिए बच्चों को ट्यूशन पढ़ाने का काम भी करते रहे। 1908 में इन्होंने एम. ए. की उपाधि प्राप्त करने के लिए एक शोध लेखन किया। इससे शास्त्रों के प्रति

पत्नी के साथ राधाकृष्णन्

इनकी ज्ञान-पिपासा बढ़ी। शीघ्र ही इन्होंने वेदों और उपनिषदों का भी गहन अध्ययन कर लिया। इन्होंने हिन्दी और संस्कृत भाषा का भी रुचिपूर्वक अध्ययन किया।

डॉ. राधाकृष्णन् को बचपन से ही पुस्तकों से प्रेम था। इस कारण तभी स्पष्ट हो गया था कि यह बालक बड़ा होकर विद्वता एवं महानता का वरण अवश्य करेगा। उनका स्वभाव संकोची था, अतः वह घर के सामाजिक समारोहों में उत्साह एवं उल्लास का अनुभव नहीं करते थे। यह इनके परिवार के गहरे संस्कारों का ही प्रभाव रहा कि जीवन भर वे शाकाहारी रहे। इन्होंने कभी भी धूम्रपान अथवा मद्यपान नहीं किया। परिवार में प्रथम पुत्री पैदा होने के बाद अगले पन्द्रह वर्षों में राधाकृष्णन् दम्पति को छह अन्य सन्तानें हुई। इस दौरान इनकी पत्नी का जीवन परिवार तथा पति के लिए पूर्णतया समर्पित रहा। लेकिन 26 नवम्बर, 1956 को इनकी पत्नी का देहांत हो गया। इस प्रकार 53 वर्ष तक साथ निभाने वाली जीवन-संगिनी का इन्हें विछोह भी सहन करना पड़ा। पत्नी की अन्तिम क्रिया सम्पन्न करने के बाद ज़ब वह लौटे तो उन्होंने एक टिप्पणी की, 'एक लम्बे अध्याय का अंत हो गया।' जीवन के नाजुक रिश्तों को भी उन्होंने दर्शनशास्त्र की परिभाषाओं के अनुसार अनुभूत किया था।

हिन्दुत्व का गहरा अध्ययन

शिक्षा का प्रभाव जहां प्रत्येक इंसान पर निश्चित रूप से पड़ता है, वहीं शैक्षिक संस्थान की गुणवत्ता भी अपना प्रभाव छोड़ती है। क्रिश्चियन संस्थाओं द्वारा उस समय पश्चिमी जीवन मूल्यों को विद्यार्थियों में गहरे तक स्थापित किया जाता था। यही कारण है कि क्रिश्चियन संस्थाओं में अध्ययन करते हुए राधाकृष्णन् के जीवन में उच्च गुण समाहित हो गए। लेकिन उनमें एक अन्य परिवर्तन भी आया जो कि क्रिश्चियन संस्थाओं के कारण ही था।

कुछ लोग हिन्दुत्ववादी विचारों को हेय दृष्टि से देखते थे और उनकी आलोचना करते थे। उनकी आलोचना को डॉ. राधाकृष्णन् ने चुनौती की तरह लिया और हिन्दूवादिता का गहरा अध्ययन करना आरम्भ कर दिया। डॉ. सर्वेपल्लि राधाकृष्णन् यह जानना चाहते थे कि वस्तुतः किस संस्कृति के विचारों में चेतनता है और किस संस्कृति के विचारों में जड़ता है। तब स्वाभाविक अंतर्प्रज्ञा द्वारा इस बात पर दृढ़ता से विश्वास करना आरम्भ कर दिया कि भारत के दूरस्थ स्थानों पर रहने वाले गरीब तथा अनपढ़ व्यक्ति भी प्राचीन शाश्वत सत्य को जानते थे। इस कारण राधाकृष्णन् ने तुलनात्मक

स्नातकोत्तर राधाकृष्णन्

रूप से यह जान लिया कि भारतीय अध्यात्म काफी समृद्ध है और क्रिश्चियन मिशनरियों द्वारा हिन्दुत्व की आलोचनाएं निराधार हैं। इससे इन्होंने यह निष्कर्ष निकाला कि भारतीय संस्कृति धर्म, ज्ञान और शाश्वत सत्य पर आधारित है, जो प्राणी को जीवन का सच्चा संदेश देती है।

डॉ. सर्वेपल्लि राधाकृष्णन् ने यह जान लिया था कि जीवन छोटा है और इसमें व्याप्त खुशियां अनिश्चित हैं। इस कारण व्यक्ति

उपदेश देते दार्शनिक राधाकृष्णन्

को सुख-दुख में समभाव से रहना चाहिए। वस्तुतः मृत्यु एक अटल सच्चाई है, जो कि अमीर-गरीब सभी को अपना ग्रास बनाती है तथा किसी भी प्रकार का वर्ग-विभेद नहीं करती है। सच्चा ज्ञान वही है, जो आपके अन्दर के अज्ञान को समाप्त कर सकता है। सादगीपूर्ण संतोषवृत्ति का जीवन अमीरों के अहंकारी जीवन से बेहतर है, जिनमें असंतोष का निवास है। एक शांत मस्तिष्क बेहतर है, तालियों की उन गड़गड़ाहटों से जो संसदों एवं दरबारों में सुनाई देती हैं।

इस कारण डॉ. सर्वेपल्ली राधाकृष्णन् भारतीय संस्कृति के नैतिक मूल्यों को समझ पाने में सफल रहे, क्योंकि वह मिशनरियों द्वारा की

गई आलोचनाओं के सत्य को स्वयं परखना चाहते थे। इसीलिए कहा गया है कि आलोचनाएं परिशुद्धि का कार्य करती हैं। सभी माताएं अपने बच्चों में उच्च संस्कार देखना चाहती हैं। इस कारण वे बच्चों को ईश्वर पर विश्वास रखने, पाप से दूर रहने एवं मुसीबत में फंसे लोगों की मदद करने का पाठ पढ़ाती हैं। डॉ. सर्वेपल्लि राधाकृष्णन् ने यह भी जाना कि भारतीय संस्कृति में सभी धर्मों का आदर करना सिखाया गया है और सभी धर्मों के लिए समता का भाव भी हिन्दू संस्कृति की विशिष्ट पहचान है। इस प्रकार उन्होंने भारतीय संस्कृति की विशिष्ट पहचान को समझा और उसके काफी नज़दीक हो गए। असंख्य नर-नारी उन्हें साधु-संतों जितना सम्मान देने लगे थे और उनके व्याख्यान सुनने के लिए उन्हें अनेकों कार्यक्रमों में निमंत्रित किया जाने लगा था।

डॉ. राधाकृष्णन् समूचे विश्व को एक विद्यालय मानते थे। उनका मानना था कि शिक्षा के द्वारा ही मानव मस्तिष्क का सदुपयोग किया जा सकता है। अतः विश्व को एक ही इकाई मानकर शिक्षा का प्रबंधन करना चाहिए। ब्रिटेन के एडिनबरा विश्वविद्यालय में दिए अपने भाषण में डॉ. सर्वेपल्लि राधाकृष्णन् ने कहा था कि मानव को एक होना चाहिए। मानव इतिहास का संपूर्ण लक्ष्य मानव जाति की मुक्ति है। सब देशों की नीतियों का आधार पूरे विश्व में शांति की स्थापना का प्रयत्न हो। डॉ. राधाकृष्णन् अपनी बुद्धि से पूर्ण व्याख्याओं, आनंददायक अभिव्यक्ति और हल्की गुदगुदाने वाली कहानियों से छात्रों को मंत्रमुग्ध कर देते थे। उच्च नैतिक मूल्यों को अपने आचरण में उतारने की

प्रेरणा वह अपने छात्रों को देते थे। वह जिस भी विषय को पढ़ाते थे, पहले स्वयं उसका गहन अध्ययन करते थे। दर्शन जैसे गंभीर विषय को भी वह अपनी शैली से सरल, रोचक और प्रिय बना देते थे।

डॉ. विश्वेश्वरैया ने उनकी योग्यता को पहचाना और मैसूर के महाराजा कॉलेज में दर्शनशास्त्र का प्रोफेसर नियुक्त कर दिया। मैसूर के छात्रों ने राधाकृष्णन् के रूप में ऐसे अध्यापक को पाया, जो अपने छात्रों में से प्रत्येक को व्यक्तिगत के रूप से पहचानता था और कालान्तर में वर्षों के अन्तराल के बाद भी वह उन्हें भूला नहीं था।

21 वर्ष की उम्र अर्थात् 1909 में राधाकृष्णन् ने मद्रास प्रेसिडेंसी कॉलेज में कनिष्ठ व्याख्याता के तौर पर दर्शनशास्त्र पढ़ाना आरम्भ किया था। यह उनका परम सौभाग्य था कि उनको अपनी प्रकृति के अनुकूल आजीविका प्राप्त हुई थी। यहां उन्होंने 7 वर्ष तक न केवल अध्यापन कार्य किया, बल्कि स्वयं भी भारतीय दर्शन और भारतीय धर्म का गहराई से अध्ययन किया। उन दिनों व्याख्याता के लिए यह आवश्यक था कि अध्यापन हेतु वह शिक्षण का प्रशिक्षण भी प्राप्त करे। इस कारण 1910 में राधाकृष्णन् ने शिक्षण का प्रशिक्षण मद्रास में लेना आरम्भ कर दिया। इस समय इनका वेतन मात्र 37 रुपये था।

दर्शनशास्त्र विभाग के तत्कालीन प्रोफेसर राधाकृष्णन् के दर्शन शास्त्रीय ज्ञान से काफी अभिभूत हुए। उन्होंने उन्हें दर्शनशास्त्र की कक्षाओं से अनुपस्थित रहने की अनुमति प्रदान कर दी। लेकिन

इसके बदले में यह शर्त रखी कि वह उनके स्थान पर दर्शनशास्त्र की कक्षाओं में पढ़ा दें। तब राधाकृष्णन् ने अपने कक्षा साथियों को तेरह ऐसे प्रभावशाली व्याख्यान दिए, जिनसे वह शिक्षार्थी चकित रह गए। इनकी विषय पर गहरी पकड़ थी, दर्शनशास्त्र के सम्बन्ध में इनका दृष्टिकोण स्पष्ट था और इन्होंने उपयुक्त शब्दों का चयन भी किया था। 1912 में डॉ. सर्वेपल्लि राधकृष्णन् की 'मनोविज्ञान के आवश्यक तत्व' शीर्षक से पुस्तक प्रकाशित हुई जो कक्षा में दिए गए उनके व्याख्यानों का संग्रह था। इस पुस्तक के द्वारा इनकी यह योग्यता प्रमाणित हुई कि प्रत्येक पद की व्याख्या करने के लिए इनके पास शब्दों का अतुल भण्डार था और स्मरण शक्ति भी अत्यन्त विलक्षण थी।

मेधावी राधाकृष्णन् ने एक बार कहा था, "मैं इंग्लैंड पढ़ने नहीं गया, पढ़ाने अवश्य जाऊंगा।" उनकी इस उक्ति व स्वाभिमान युक्त स्वर ने छात्रों को मोहित कर लिया। दरअसल उन दिनों विदेश जाने वाले छात्रों को विशेष सम्मान की दृष्टि से देखा जाता था। विदेशी भारतीय प्रतिभाओं को अनायास ही आश्रय दे देते थे और उस प्रतिभावान युवक को निखारने-संवारने का पूरा श्रेय उन्हें मिल जाता था। यद्यपि हमारे यह युवा दार्शनिक धनाभाव के कारण उस समय पी-एच.डी. नहीं कर पाए, किन्तु भविष्य में उन्हें अनेक विश्वविद्यालयों ने डॉक्ट्रेट की मानद उपाधि से विभूषित किया।

मैसूर में बिताए तीन वर्ष राधाकृष्णन् और उनके छात्रों के लिए विशेष महत्त्व रखते हैं, क्योंकि इसी बीच उनके बौद्धिकता के वृक्ष को फलने-फूलने का सर्वाधिक अवसर मिला। इन्हीं दिनों

उन्होंने एक पुस्तक लिखी 'द रेन ऑफ रिलीजन इन कंटम्परेरी फ़िलॉसफ़ी' (समकालीन दर्शन में धर्म का आधिपत्य)। इस पुस्तक से वह भारत में ही नहीं, बल्कि विदेशों में भी आकर्षण का केन्द्र बन गए। छात्रों ने उनके व्याख्यानों में विद्वत्तापूर्ण के अलावा एक और तथ्य भी पाया, वह था व्यावहारिकता।

वह छात्रों से अक्सर कहते, "आकाश में उड़ते हुए अपने पांव ज़मीन पर दृढ़ता से जमाए रखो, कभी उन्हें धरती पर से उठने मत दो।" विश्वकवि रवीन्द्रनाथ पर लिखी उनकी पुस्तक 'रवीन्द्रनाथ का दर्शन' भी उन्होंने इसी काल में लिखी। लोकमान्य तिलक भी उनकी विद्वत्ता से इतने प्रभावित हुए कि उन्होंने अपने ग्रन्थ 'गीता रहस्य' में राधाकृष्णन् के लेखों के अंश उद्धृत किए।

भारतीय धर्म, संस्कृति और अध्यात्म का सार ही राधाकृष्णन् के लेखन का आधार रहा है और इसी सांस्कृतिक सारांक्ष को पढ़कर सारा संसार आश्चर्यचकित हो उठा।

राष्ट्रीय नेताओं से भेंट

देश जिन दिनों परतंत्रता की बेड़ियों में जकड़ा हुआ था, उन दिनों आजादी की जंग में कूदने के लिए भारत का हर युवा तैयार रहता था। डॉ. राधाकृष्णन् भी देश के प्रति बेहद प्रेम रखते थे। इसलिए उन्हें राष्ट्रीय नेताओं के विचार बहुत प्रभावित करते थे।

राधाकृष्णन् की महात्मा गांधी से प्रथम भेंट 1915 में हुई थी। उनके विचारों से प्रभावित होकर राधाकृष्णन् ने राष्ट्रीय आन्दोलन के समर्थन में लेख भी लिखे। वह कभी भी किसी पार्टी से नहीं जुड़े, लेकिन निर्भय होकर राष्ट्र-प्रेम को अभिव्यक्त करते थे। बाद में इन्होंने गांधी जी को अभिव्यक्त करते हुए कहा था कि मनुष्य के सर्वोत्तम प्रयासों में गांधी जी की आवाज़ सदैव अनश्वर रहेगी और संसार के सभी मानवों में श्रेष्ठतम भी होगी। यहां पर आवाज़ का आशय गांधी जी की समग्र सोच से किया गया था। यद्यपि राधाकृष्णन् ब्रिटिश सरकार की नौकरी कर रहे थे, तथापि देश की स्वतंत्रता के लिए वह ख्वाहिशमंद थे। द्वितीय विश्व युद्ध के बाद उन्होंने अंग्रेजों से यह आशा रखी थी कि वे देश को स्वतंत्र कर देंगे। वह अंग्रेज़ों से यह आश्वासन भी

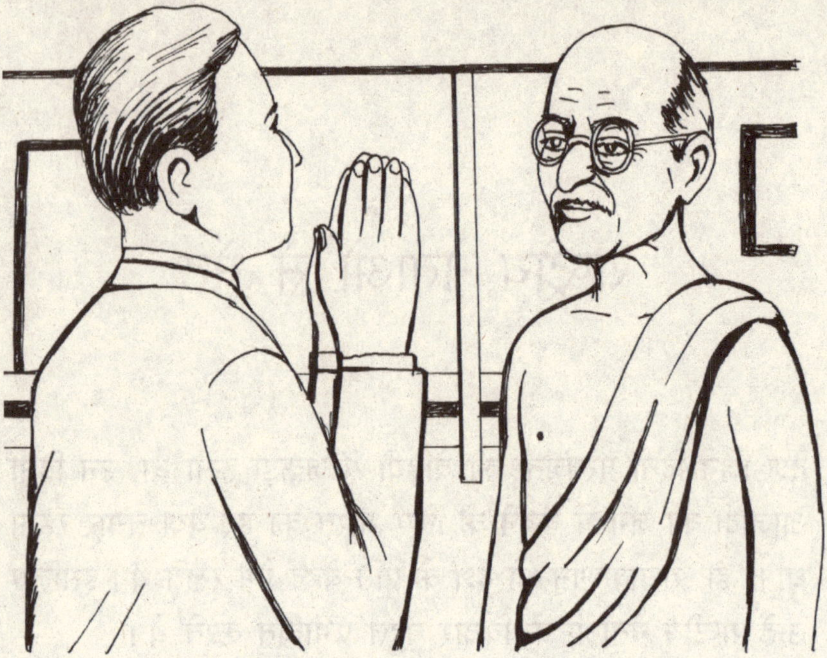

राधाकृष्णन् की बापू से प्रथम भेंट

चाहते थे कि द्वितीय विश्व युद्ध के बाद वे भारत को गुलामी से मुक्त कर देंगे।

1916 में डॉ. सर्वेपल्लि राधाकृष्णन् का स्थानान्तरण अनन्तपुर हो गया। यहां यह छह माह तक रहे। इसके बाद पुनः प्रेसिडेंसी कॉलेज में प्रोफेसर के रूप में लौटे। 1972 में वह दर्शनशास्त्र के प्रोफेसर के रूप में कन्फर्म किए गए और इनका स्थानान्तरण राजामुन्द्री में कर दिया गया। यहां पर इनके अध्यापन को काफ़ी ख्याति प्राप्त हुई। इन्होंने दर्शनशास्त्र जैसे बोझिल विषय को मनोरंजन का स्वरूप प्रदान कर अपने छात्रों को मित्र की तरह पढ़ाया। वह प्रत्येक छात्र को एक विशिष्ट उपनाम से पुकारते थे। राधाकृष्णन् ने अपने

शिक्षार्थियों की अधिकतम मदद की। यही कारण है कि शिक्षार्थी उनका हृदय से आदर करते थे। 1918 में वह न्यू मैसूर यूनिवर्सिटी में एडीशनल प्रोफेसर की हैसियत से नियुक्त हुए और वहां पर 13 वर्षों (1921) तक अध्यापन कार्य किया। डॉ. राधाकृष्णन् का नाम जब महान शिक्षाशास्त्री आशुतोष मुखर्जी के कानों तक पहुंचा, तो उन्होंने कलकत्ता विश्वविद्यालय में दर्शनशास्त्र के प्रोफेसर के पद पर उन्हें बुला लिया। मैसूर के छात्र अपने प्रिय शिक्षक की विदाई से बहुत भावुक हो उठे। उनका अनुपम स्नेह देखते ही बनता था।

डॉ. सर्वेपल्लि राधाकृष्णन् के ऐसे मैत्री सम्बन्धों के कारण एक मिसाल भी कायम हुई, जो कि बहुत ही अनोखी थी। दरअसल जब उनको कलकत्ता में स्थानान्तरित होना था, तब विदाई का कोई भी कार्यक्रम आयोजित नहीं किया गया। इसके लिए उन्होंने मना कर दिया। इनके विद्यार्थियों ने बग्घी के द्वारा इन्हें स्टेशन तक पहुंचाया था। इस बग्घी में घोड़े नहीं जुते थे, बल्कि विद्यार्थियों के द्वारा ही उस बग्घी को खींचकर रेलवे स्टेशन तक ले जाया गया। उनकी विदाई के समय मैसूर स्टेशन का प्लेटफार्म 'सर्वेपल्ली राधाकृष्णन् की जय' के नारों से गूंज उठा था। वहां पर मौजूद लोगों की आंखों में अश्रु थे। राधाकृष्णन् भी उस अद्भुत प्रेम के वशीभूत होकर अपने आंसू रोक नहीं पाए थे। गुरु एवं विद्यार्थियों का ऐसा सम्बन्ध वर्तमान युग में कम ही देखने को प्राप्त होता है। उस दिन बन्द गले के कोट, पगड़ी व धोती में सादगी व विनम्रता की मूर्ति बने राधाकृष्णन् की आंखें काफी देर तक नम रहीं। शिक्षक व छात्रों के बीच सघन आत्मीयता की यह पहली मिसाल थी। कलकत्ता विश्वविद्यालय में

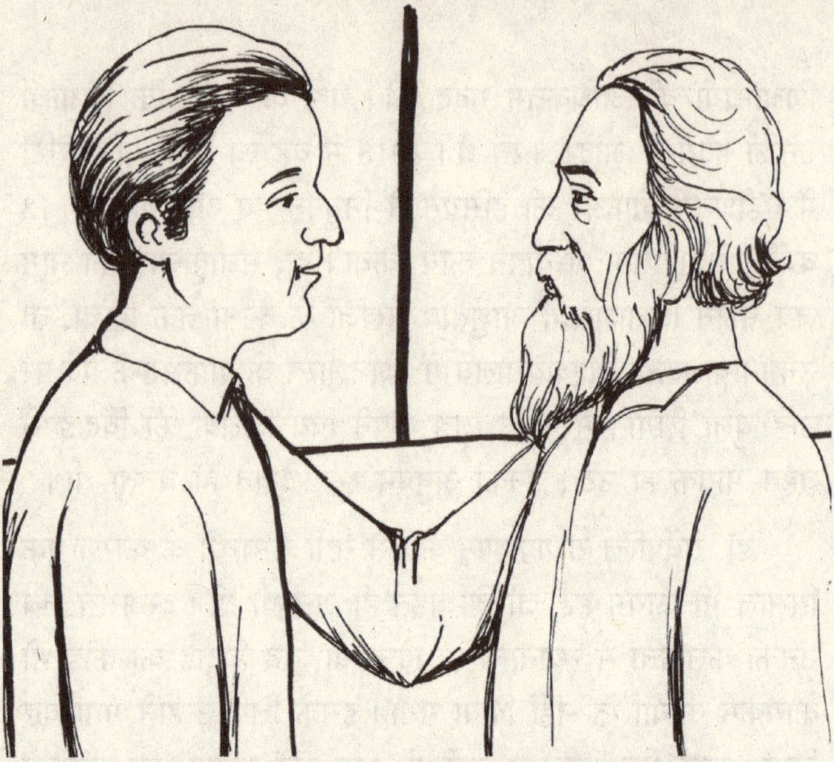

राधाकृष्णन् की गुरुदेव रवीन्द्रनाथ टैगोर से भेंट

डॉ. राधाकृष्णन् ने अध्यापन के अलावा विविध क्रियाकलापों में भाग लेना आरम्भ कर दिया। यहीं पर एक शिक्षक के जीवन में प्रशासनिक योग्यता के लक्षण भी दिखाई देने लगे। उस समय तक डॉ. राधाकृष्णन् के लेख संसार की सभी प्रतिष्ठित पत्रिकाओं में सम्मान सहित प्रकाशित होने लगे थे। 'हिस्वर्ट जनरल' में प्रकाशित उनके लेखों से उसके सम्पादक एल.पी. जैक्स प्रभावित हुए और उन्होंने डॉ. साहब को ऑक्सफोर्ड के मैनचेस्टर कॉलेज में व्याख्यान देने के लिए आमन्त्रित किया।

दर्शनशास्त्र के मर्मज्ञ के तौर पर डॉ. सर्वेपल्लि राधाकृष्णन् की पहचान कायम हो चुकी थी। जुलाई, 1918 में मैसूर प्रवास के समय उनकी भेंट रवीन्द्रनाथ टैगोर से हुई। इस मुलाक़ात के बाद वह टैगोर से काफ़ी अभिभूत हुए। उनके विचारों की अभिव्यक्ति हेतु डॉ. सर्वेपल्लि राधाकृष्णन् ने 1918 में 'रवीन्द्रनाथ टैगोर का दर्शन' शीर्षक से एक पुस्तक लिखी, जो मैकमिलन प्रकाशन द्वारा प्रकाशित हुई। इसके बाद उन्होंने दूसरी पुस्तक 'द रेन ऑफ रिलीजन इन कंटम्परेटी फ़िलॉसफ़ी' लिखी। इस पुस्तक ने उन्हें अंतर्राष्ट्रीय स्तर पर पहचान दी। इस पुस्तक को भारत के शिक्षार्थियों ने आत्मतत्त्व ज्ञान की पुस्तक के रूप में स्वीकार किया। यही नहीं, इसे इंग्लैण्ड तथा अमेरिका के विश्वविद्यालयों में भी बेहद पसन्द किया गया।

आलोचनाओं का प्रहार

हर अच्छे आदमी को जीवन में आलोचनाएं तो झेलनी ही पड़ती हैं, क्योंकि बिना आलोचनाओं के व्यक्तित्व में निखार आ ही नहीं सकता। डॉ. सर्वेपल्लि राधाकृष्णन् ने कलकत्ता में 1921 से 1931 तक समय व्यतीत किया। इन्हें कलकत्ता के किंग जॉर्ज पंचम विश्वविद्यालय में मानसिक एवं नैतिक दर्शनशास्त्र का प्रोफ़ेसर नियुक्त किया गया था। इस दौरान उन्होंने भारत की शैक्षिक सेवा में अभिवृद्धि करने का भी कार्य किया। यहां पर वह गुरुदेव रवीन्द्रनाथ टैगोर के सम्पर्क में भी रहे। टैगोर के विचारों का काफी प्रभाव राधाकृष्णन् पर पड़ा। कलकत्ता विश्वविद्यालय के सभी संगठनों और विभागों को उन्नत करने के लिए इन्होंने सक्रिय भूमिका निभाई। यूरोप के विद्व ान भी इनके दर्शन शास्त्रीय विचारों से काफ़ी प्रभावित हुए। इनके विचारों में विषय की स्पष्टता होती थी। यह सम्बोधन में क्लिष्टता का समावेश नहीं करते थे। इनकी भाषा में विद्यार्जित विद्वता का ऐसा चमत्कार होता था कि श्रोता मंत्रमुग्ध होकर सुनता रह जाता था। लेकिन वर्तमान युग में आलोचना तो संसार के रचयिता की भी होती है। इस कारण डॉ. राधाकृष्णन् को भी आलोचनाओं का

सामना करना पड़ा। इनके आलोचकों का कहना था कि राधाकृष्णन् ने दर्शनशास्त्र को नया कुछ भी नहीं दिया है, भारत के आध्यात्मिक दर्शन की प्राचीनता को ही उजागर किया है। पश्चिम के सम्मुख उन्होंने भारतीय अध्यात्म को मात्र अंग्रेजी भाषा में उद्धृत करने का ही कार्य किया है, लेकिन राधाकृष्णन् ने अपने आलोचकों को कभी भी स्पष्टीकरण देने की आवश्यकता महसूस नहीं की। इसके बाद इनका एक लेख एनसाइक्लोपीडिया ब्रिटैनिका के 14वें संस्करण में प्रकाशित हुआ, जो एक बड़ी उपलब्धि थी।

छात्रों के आदर्श कुलपति

वह कलकत्ता विश्वविद्यालय की ओर से सन् 1936 में ब्रिटिश साम्राज्य के विश्वविद्यालयों की कॉन्फ्रेंस में प्रतिनिधि बनाकर भेजे गए। अमेरिका के हॉर्वर्ड विश्वविद्यालय में अपने भाषणों द्वारा उन्होंने श्रोताओं को मंत्रमुग्ध कर दिया। उनके अद्‌भुत आत्मविश्वास के आगे सब नतमस्तक हो जाते थे। डॉ. साहब के इन व्याख्यानों के बाद प्रकाश में आई उनकी प्रसिद्ध पुस्तक 'द हिन्दू व्यू ऑफ लाइफ' (जीवन का हिन्दू दृष्टिकोण) और तभी से संसार में डॉ. सर्वेपल्लि राधाकृष्णन् एक अद्वितीय दार्शनिक के रूप में प्रतिष्ठित हो गए।

उनमें एक विशेषता थी। वह एक योग्य श्रोता भी थे। विद्वानों की सभा में जब सभी अपने-अपने मतों व तर्कों पर वाद-विवाद में उलझे रहते, ऐसे में हमारे युवा प्रोफ़ेसर चुपचाप सुनते रहते। जहां उन्हें लगता कि बोलना अति आवश्यक है, वहीं बोलते। उनके धाराप्रवाह वक्तव्यों में कई भाषाओं और धर्म-ग्रन्थों के उद्धरण शामिल रहते। निर्धन छात्रों को अपने मित्रवत् शिक्षक से पुस्तकें लेने में कभी संकोच नहीं होता था। अनेक जिज्ञासु छात्र कक्षा के अतिरिक्त भी डॉ. राधाकृष्णन् को घेरे रहते। वह बहुत सहजता

छात्रों के बीच डॉ. राधाकृष्णन्

से प्रत्येक के प्रश्नों के उत्तर देते चलते। जब कभी कोई छात्र सटीक व सारगर्भित उत्तर देता, तो उसे शाबाशी अवश्य देते।

कहते हैं कि जिस व्यक्ति को आगे बढ़ना हो, प्रकृति स्वयं उसके लिए नए-नए द्वार खोल देती है। राधाकृष्णन् को आन्ध्र विश्वविद्यालय का कुलपति चुना जाना उसी भावी प्रगति का सूचक था।

सीनेट ने विशाल भुजाओं को फैलाकर नए कुलपति का स्वागत किया। आन्ध्र विश्वविद्यालय में उन दिनों भवन, पुस्तकालय, प्रयोगशालाओं व छात्रावास आदि का अभाव था। सन् 1931 में उन्होंने पद-भार संभाला। अध्यापन के साथ-साथ प्रशासन व प्रबन्धन भी उन्हीं के हाथों में था।

प्रोफ़ेसर सर्वेपल्लि राधाकृष्णन् ने योग्य शिक्षकों की नियुक्ति की। कुछ ही समय में भवन तैयार हो गए। विज्ञान विभाग आरम्भ होने में भी अधिक समय नहीं लगा। कलकत्ता में वह अभी भी दर्शनशास्त्र के प्रोफ़ेसर ही थे। उस पद का भी कुशलतापूर्वक निर्वाह होता रहा। कभी-कभी यह सोचने पर हमें विवश होना पड़ता है कि वह इतने अधिक कार्यों को कम समय में इतनी खूबसूरती से कैसे पूरा कर देते थे। उन्हें सम्मान पर सम्मान मिलते रहे, किन्तु फिर भी उन्होंने अपनी शान्त प्रकृति, विनय-भाव और मधुरता का परित्याग कभी नहीं किया। महामना मालवीय की हार्दिक इच्छा थी कि राधाकृष्णन् को काशी विश्वविद्यालय का कुलपति बनाया जाए। वह स्वयं उनके पास पहुंचे और अपना प्रस्ताव रखा। उन्होंने इस विश्वविद्यालय की जी-जान से सेवा की। धन-संग्रह के मामले में भी वह बेहद उत्साही रहे। विश्वविद्यालय के उत्थान के लिए चंदा मांगने में उन्होंने संकोच नहीं किया। जिन दिनों वह कलकत्ता में थे, तो ऑक्सफोर्ड विश्वविद्यालय में पूर्वीय दर्शन के भी प्रोफेसर थे। इस प्रकार अब वह कलकत्ता, वाराणसी व ऑक्सफोर्ड तीनों स्थानों का काम देखने लगे। सन् 1940 में वाराणसी में व्यस्तता के कारण उन्हें कलकत्ता से त्याग-पत्र देना पड़ा।

निष्काम कर्मयोगी

दर्शन का उद्देश्य जीवन की व्याख्या करना नहीं, जीवन को बदलना है और धर्म का अंतिम लक्ष्य सत्य का अनुभव है। यह विचार भारत के पूर्व राष्ट्रपति, निष्काम योगी एवं आदर्श शिक्षक के अप्रतिम स्वरूप डॉ. सर्वपल्लि राधाकृष्णन् के ही हैं। रत्नगर्भा भारतवर्ष में ऐसे आदर्श गुरुओं की सुदीर्घ परंपरा रही है। उदाहरण के लिए बृहस्पति, शुक्राचार्य, वशिष्ठ, विश्वामित्र, संदीपनी, द्रोणाचार्य आदि।

गुरुओं की इसी आदर्श परंपरा में आधुनिक युग में एक महामानव का आविर्भाव हुआ, जिन्हें संसार सर्वपल्लि राधाकृष्णन् के नाम से जानता है। उनका परिवार अत्यंत धार्मिक था और उनके माता-पिता सगुण उपासक थे। वे उन राजनेताओं में से एक थे, जिन्हें अपनी संस्कृति और कला से अपार लगाव था। वे भारतीय सामाजिक संस्कृति से ओत-प्रोत आस्थावान हिंदू थे। इसके साथ ही अन्य समस्त धर्मावलंबियों के प्रति भी गहरा आदर भाव रखते थे। जो लोग उनसे वैचारिक मतभेद रखते थे, उनकी बात भी वे बड़े सम्मान एवं धैर्य के साथ सुनते थे।

कभी-कभी उनकी इस विनम्रता को लोग उनकी कमजोरी

समझने की भूल करते थे, परंतु उनकी यह उदारता उनकी दृढ़ निष्ठा से पैदा हुई थी। हाजिर जवाबी में तो डॉ. राधाकृष्णन् गजब के थे। एक बार वे इंग्लैण्ड गए। विश्व में उन्हें हिंदुत्व के परम विद्वान के रूप में जाना जाता था। जब देश परतंत्र था। बड़ी संख्या में लोग उनका भाषण सुनने को आए थे।

भोजन के दौरान एक अंग्रेज ने डॉ. राधाकृष्णन् से पूछा कि क्या हिंदू नाम का कोई समाज है? कोई संस्कृति है? तुम कितने बिखरे हुए हो? तुम्हारा एक सा रंग नहीं, कोई गोरा, कोई काला, कोई बौना, कोई धोती पहनता है तो कोई लूंगी। देखो हम अंग्रेज एक जैसे हैं। खूब गोरे, लाल-लाल। इस पर डॉ. राधाकृष्णन् ने तपाक से उत्तर दिया, "घोड़े अलग-अलग रंग-रूप के होते हैं, पर गधे तो एक जैसे रंग के ही होते हैं। अलग-अलग रंग और सुंदर विविधता विकास के लक्षण हैं।"

डॉ. राधाकृष्णन् भाषण कला के आचार्य थे। विश्व के विभिन्न देशों में भारतीय तथा पाश्चात्य दर्शन पर भाषण देने के लिए उन्हें आमंत्रित किया गया। श्रोता तो उनके भाषणों से मंत्रमुग्ध हो कर रह जाते थे। डॉ. राधाकृष्णन् में विचारों, कल्पना तथा भाषा द्वारा विचित्र ताना-बाना बुनने की अद्भुत क्षमता थी। वस्तुतः उनके प्रवचनों की वास्तविक महत्ता उनके अंतर में निवास करती थी। उनकी यही आध्यात्मिक शक्ति सबको प्रभावित करती थी, अपनी ओर आकर्षित करती थी और संकुचित क्षेत्र से उठाकर उन्मुक्त वातावरण में ले जाती थी। जैसा सफेद वस्त्र वो पहनते थे, ठीक वैसा ही उनका मन भी था। डॉ. सर्वेपल्लि

राधाकृष्णन् के बारे में पूछने पर सबसे पहला वाक्य डॉ. रमाशंकर पांडेय ने इस लेखक को यही कहा।

डॉ. राधाकृष्णन् से कई बार मिल चुके लोयला स्कूल के हिंदी शिक्षक रहे डॉ. पांडेय बताते हैं कि यहां तो राधाकृष्णन् से एक बार ही मुलाकात हुई, लेकिन इससे पहले जब वे दार्जिलिंग में रहते थे, तो कई बार मिले थे।

शिक्षक दिवस की पूर्व संध्या पर संस्मरण सुनाते हुए 90 वर्षीय डॉ. पांडेय कहते हैं कि उस दिन वे अनायास ही जुबिली पार्क होते ही राजेंद्र विद्यालय की ओर जा रहे थे। इसी बीच कानों में लाउडस्पीकर से आवाज सुनाई पड़ी बुद्धम शरणम गच्छामि.., संघम शरणम गच्छामि..। वे चौंक पड़े और मेरे कदम ठिठक गए। हालांकि उन्हें इसकी सूचना नहीं थी, फिर भी समझ गए कि यह राधाकृष्णन् की ही आवाज है। फिर क्या था हम बोधि मंदिर गए, फिर उद्घाटन के बाद उनसे मिले।

उन्होंने पहले हाल-चाल पूछा, फिर कहा, 'जमशेदपुर में मन लग रहा है?' इधर-उधर की बातें हुई और वे टाटा स्टील के जनरल मैनेजर सर जहांगीर घांदी व बिहार के राज्यपाल डॉ. जाकिर हुसैन के साथ कंपनी के भ्रमण पर निकल गए।

डॉ. पांडेय बताते हैं कि वे हिंदी ठीक से नहीं बोल पाते थे, लेकिन हिंदी भाषियों से टूटी-फूटी हिंदी में बात करने का प्रयास जरूर करते थे। डॉ. राधाकृष्णन् ने 24 दिसंबर 1961 को साकची स्थित रवींद्र भवन का शिलान्यास और साकची में ही बोधि मंदिर का उद्घाटन भी किया था।

रवींद्र भवन के शिलान्यास समारोह को संबोधित करते हुए डॉ. राधाकृष्णन् ने लंबा-चौड़ा भाषण दिया था। उन्होंने रवींद्रनाथ टैगोर के सांस्कृतिक योगदान की प्रशंसा की, तो जमशेदजी नसरवानजी टाटा को आधुनिक भारत का निर्माता बताया।

अपने संबोधन में डॉ. राधाकृष्णन् ने कहा था कि राष्ट्रीय एकीकरण का काम जमशेदपुर में चल रहा है, जहां देश के विभिन्न भागों से आए लोग भाई-चारे के साथ मिल-जुलकर रह रहे हैं और देश के औद्योगीकरण में योगदान दे रहे हैं। इस उपलब्धि का श्रेय मुख्य रूप से इस्पात नगरी के संस्थापक जमशेदजी टाटा को जाता है, जो आधुनिक भारत के एक निर्माता थे।

महान देशप्रेमी

राधाकृष्णन् महान देशप्रेमी थे। यूं तो राधाकृष्णन् ने किसी भी प्रकार के स्वतन्त्रता आंदोलन में प्रत्यक्ष रूप से भाग नहीं लिया, किन्तु फिर भी वह एक महान स्वतन्त्रता सेनानी व देश-प्रेमी भी रहे। 1942 के भारत छोड़ो आंदोलन के समय विश्वविद्यालय पर अंग्रेज़ सरकार की बुरी दृष्टि पड़ी और उस पर ताला लगाने का कुचक्र भी रचा गया, किन्तु उन्होंने सूझबूझ व धैर्य का प्रयोग कर अप्रिय स्थिति को उत्पन्न ही नहीं होने दिया। उन्होंने अपने छात्रों को हमेशा स्वतंत्रता का पाठ पढ़ाया और यही कारण है कि इनके अनेक शिष्य आजादी की जंग में कूद पड़े थे और अंग्रेजों के अत्याचार सहते हुए देश को आजाद कराके ही दम लिया था।

राधाकृष्णन् ने महात्मा गांधी के अभिनन्दन-ग्रन्थ में लिखा था, "गांधी जी बन्धन-मुक्त जीवन के मंत्रदाता हैं। उनकी असाधारण धार्मिक पवित्रता और उनके वीरोचित् तेज का कोटि-कोटि मनुष्यों पर गहरा प्रभाव पड़ा है, ऐसे कुछ लोग सदा मिलेंगे, जो ऐसे पावन जीवन के दुर्लभ उदाहरणों से वह शक्ति पाएंगे और उनमें सत्य की वह झांकी देखेंगे, जो उन साधारण साधुतामय जीवन, रूढ़ नैतिकता

या अस्पष्ट कला, विचारों और भावों में नहीं मिलती, जिनको आधुनिक काल के उपदेष्टा प्रस्तुत किया करते हैं।"

राधाकृष्णन् ने एक शिक्षा-शास्त्री के रूप कई सम्मेलनों की अध्यक्षता की और अपने ज्ञान की छाप हर जगह छोड़ते चले गए। यह सर्वेपल्लि राधाकृष्णन् की ही प्रतिभा थी कि स्वतंत्रता के बाद इन्हें संविधान निर्मात्री सभा का सदस्य बनाया गया। वह 1947 से 1949 तक इसके सदस्य रहे। इस समय यह विश्वविद्यालयों के चेयरमैन भी नियुक्त किए गए। अखिल भारतीय कांग्रेसजन यह चाहते थे कि सर्वेपल्ली राधाकृष्णन गैर राजनीतिक व्यक्ति होते हुए भी संविधान सभा के सदस्य बनाये जाएं। जवाहरलाल नेहरू चाहते थे कि राधाकृष्णन् के संभाषण एवं वक्तत्व प्रतिभा का उपयोग 14-15 अगस्त, 1947 की रात्रि को किया जाए, जब संविधान सभा का ऐतिहासिक सत्र आयोजित हो। राधाकृष्णन् को यह निर्देश दिया गया कि वह अपना सम्बोधन रात्रि के ठीक 12 बजे समाप्त करें। उसके पश्चात् संवैधानिक संसद द्वारा शपथ ली जानी थी। सर्वेपल्लि

राधाकृष्णन् ने ऐसा किया और ठीक रात्रि 12 बजे अपने सम्बोधन को विराम दिया। पंडित नेहरू और राधाकृष्णन् के अलावा किसी अन्य को इसकी जानकारी नहीं थी।

आज़ादी के बाद उनसे आग्रह किया गया कि वह मातृभूमि की सेवा के लिए विशिष्ट राजदूत के रूप में सोवियत संघ के साथ राजनयिक कार्यों की पूर्ति करें। इस प्रकार विजयलक्ष्मी पंडित का इन्हें नया उत्तराधिकारी चुना गया। पंडित नेहरू के इस चयन पर कई व्यक्तियों ने आश्चर्य व्यक्त किया कि एक दर्शनशास्त्री को राजनयिक सेवाओं के लिए क्यों चुना गया? उन्हें यह संदेह था कि डॉ. राधाकृष्णन् की योग्यताएं सौंपी गई जिम्मेदारी के अनुकूल नहीं हैं। लेकिन बाद में सर्वेपल्लि राधाकृष्णन् ने यह साबित कर दिया कि मॉस्को में नियुक्त भारतीय राजनयिकों में वह सबसे बेहतरीन थे। वह एक गैर परम्परावादी राजनयिक थे।

सन् 1950 में राधाकृष्णन् की मॉस्को में रूस के राजदूत के रूप में नियुक्ति उनके धीर-गम्भीर दार्शनिक स्वभाव के लिए चुनौती-भरी परीक्षा थी। मॉस्को की कड़कड़ाती सर्दी में भी उन्होंने अपना सादगीपूर्ण बाना नहीं छोड़ा। अनेक नियम व क़ायदे-क़ानून थे, जिनका पालन करना असम्भव था। जैसे रात्रि-भोजों में देर तक रुकना। राजनीतिज्ञों को यह बहुत आश्चर्यजनक लगता था कि भारतीय राजदूत रात दस बजे के बाद कहीं नहीं रुकते। राधाकृष्णन् मानते थे कि स्वस्थ शरीर के लिए रात को शीघ्र सोना व प्रातः जल्दी उठना अति आवश्यक है।

राधाकृष्णन् व स्तालिन की परस्पर भेंट भी बहुत रोचक थी।

राष्ट्रीय नेताओं के साथ राधाकृष्णन्

स्तालिन ने पहले फुरसत में ही उन्हें बुलवाया। भारतीय राजदूत ने बड़ी निर्भीकता से सम्राट अशोक के रक्तपात की युद्धगाथा दोहराई और स्तालिन से अनुरोध किया कि वह भी उक्त सम्राट की भांति हिंसा का मार्ग त्याग दें। स्तालिन उनसे मिलकर प्रसन्न हुए और उन्हें एक देशभक्त कहकर सम्मान भी दिया। स्तालिन राधाकृष्णन् की सादगी से बेहद प्रभावित हुए एवं उन्हें सीने से लगा लिया। स्तालिन की नज़रों में सर्वेपल्लि एक महान दार्शनिक थे।

डॉ. सर्वेपल्लि राधाकृष्णन् को स्तालिन से भेंट करने का दुर्लभ अवसर दो बार प्राप्त हुआ। 14 जनवरी, 1945 के दिन वह पहला

अवसर आया, जब स्टालिन के निमंत्रण पर वह उनसे मिले। स्तालिन के हृदय में फिलास्फर राजदूत के प्रति गहरा सम्मान था। इनकी दूसरी मुलाकात 5 अप्रैल, 1952 को हुई। विशेषरूप से विदाई भोज का आयोजन दोपहर में रखा गया। यह नियम उस व्यक्ति के लिए तोड़ा गया था, जिसे हम राधाकृष्णन् के रूप में जानते हैं। स्तालिन उन दिनों रोग से पीड़ित थे। उन्होंने राधाकृष्णन् से भेंट की और कुछ क्षणों में ही दोनों हृदय परम आत्मीयता से भर गए।

जब भारतीय राजदूत सोवियत संघ से विदा होने वाले थे। विदा होते समय राधाकृष्णन् ने स्तालिन के सिर और पीठ पर हाथ रखा। तब स्तालिन ने कहा था तुम पहले व्यक्ति हो, जिसने मेरे साथ एक इंसान के रूप में व्यवहार किया है और मुझे अमानव अथवा दैत्य नहीं समझा है। तुम्हारे जाने से मैं दुख का अनुभव कर रहा हूं। मैं चाहता हूं कि तुम दीर्घायु हो। मैं ज़्यादा नहीं जीना चाहता हूं? इस समय स्तालिन की आंखों में नमी थी। फिर छह माह बाद ही स्तालिन की मृत्यु हो गई।

राधाकृष्णन् ने अंतर्राष्ट्रीय मंचों पर भारत का खूब मान बढ़ाया। वह सन् 1952 तक यूनेस्को में भारतीय प्रतिनिधि के रूप में कार्यरत भी रहे। पेरिस में यूनेस्को नामक संस्था की कार्यसमिति के अध्यक्ष रहते हुए उन्होंने अपनी विद्वता का लोहा मनवाया। यह संस्था संयुक्त राष्ट्र संघ का एक अंग है और पूरे विश्व के लोगों की भलाई के लिए अनेक कार्य करती है। लेकिन हर जगह उन्होंने अपने ही सिद्धांतों का पालन किया, जो सिद्धांत उन्होंने शिक्षण कार्य के दौरान अपनाए उन्हें जीवन भर निभाया। जब राधाकृष्णन्

वीर सावरकर व गांधी जी के साथ डॉ. राधाकृष्णन्

एक शिक्षक थे, तब वह दिखावटी नियमों के दायरों में नहीं बंधे थे। कक्षा में यह 20 मिनट देरी से आते थे और दस मिनट पूर्व ही चले जाते थे। इनका कहना था कि कक्षा में इन्हें जो व्याख्यान देना होता था, वह 20 मिनट के पर्याप्त समय में सम्पन्न हो जाता था। इसके उपरान्त भी यह विद्यार्थियों के प्रिय एवं आदरणीय शिक्षक बने रहे।

1952 में सोवियत संघ से आने के बाद डॉ. राधाकृष्णन् उपराष्ट्रपति निर्वाचित किए गए। संविधान के अंतर्गत उपराष्ट्रपति का नया पद सृजित किया गया था। नेहरू जी ने इस पद हेतु राधाकृष्णन् का चयन करके पुनः लोगों को चौंका दिया। उन्हें आश्चर्य था कि इस पद के लिए कांग्रेस पार्टी के किसी राजनीतिज्ञ का चुनाव क्यों नहीं किया गया? उपराष्ट्रपति के रूप में राधाकृष्णन् ने राज्यसभा में अध्यक्ष का पद्‌भार भी सम्भाला। इसके साथ ही वह दिल्ली विश्वविद्यालय के कुलपति बने। उन्हें साहित्य अकादमी का उपाध्यक्ष भी बनाया गया। सन् 1954 में

डॉ. राधाकृष्णन् को भारत रत्न की उपाधि से सम्मानित किया गया। भारत के उपराष्ट्रपति के पद पर पंडित नेहरू का यह चयन भी सार्थक सिद्ध हुआ, क्योंकि उपराष्ट्रपति के रूप में एक गैर राजनीतिज्ञ व्यक्ति ने सभी राजनीतिज्ञों को प्रभावित किया। संसद के सभी सदस्यों ने उन्हें उनके कार्य व्यवहार के लिए काफी सराहा। इनकी सदाशयता, दृढ़ता और विनोदी स्वभाव को लोग आज भी याद करते हैं।

सितंबर, 1952 में इन्होंने यूरोप और मिडिल ईस्ट देशों की यात्रा की, ताकि नए राष्ट्र हेतु मित्र राष्ट्रों का सहयोग मिल सके। 1956 में डॉ. सर्वेपल्लि राधाकृष्णन् की पत्नी का देहान्त हुआ था। तब एक पुत्र और पांच पुत्रियों का दायित्व इन पर आ गया। इन जिम्मेदारियों को निभाते हुए 1957 में यह दूसरी बार भी उपराष्ट्रपति निर्वाचित हुए। इस कार्यकाल के दौरान राधाकृष्णन् ने चीन, मंगोलिया, हांगकांग और इंग्लैण्ड की यात्राएं कीं। 1961 में इन्हें जर्मनी के पुस्तक प्रकाशन द्वारा दिया जाने वाला विश्व शान्ति पुरस्कार भी प्राप्त हुआ। इस दौरान इन्होंने राज्यसभा का संचालन काफी कुशलता के साथ किया। तब पंडित पंत को कहना पड़ा, 'राज्यसभा इनके हाथों का खिलौना मात्र है।'

विविध रूपों के बावजूद उनका लेखक-मन हमेशा क्रियाशील रहा। उन्होंने पश्चिमवासियों को अपनी पुस्तकों और भाषणों द्वारा बताया कि भारत संस्कृति, सभ्यता के क्षेत्र में उनसे पीछे नहीं, बल्कि आगे है। धर्म, दर्शन, शिक्षा, राजनीति, गीता आदि विषयों पर उन्होंने लगातार लिखा और खूब लिखा। उनके द्वारा लिखी और

सम्पादित पुस्तकों की संख्या लगभग एक सौ पचास है। वह सन् 1908 से 1948 तक बिना रुके सृजन में लीन रहे।

भगवद्गीता का अंग्रेज़ी अनुवाद अपने-आप में एक असाधारण और कठिन कार्य है, जिसे उन्होंने वाक्य-विन्यास और भाषा पर असाधारण पकड़ के कारण बहुत ही सरल बना दिया, जिसके कारण विदेशी भी हमारे महान ग्रन्थ भगवद्गीता से परिचित हुए। विदेशों में उनकी पुस्तकों ने बहुत लोकप्रियता पाई।

सुप्रसिद्ध लेखक एच.जी. वेल्स ने उनकी एक पुस्तक 'भारतीय धर्म एवं पाश्चात्य विचार' पढ़कर कहा था, "हमें अपनी सारी पुस्तकें बेचकर भी यह पुस्तक ख़रीद लेनी चाहिए, क्योंकि यह पुस्तक हमें मनुष्य जाति द्वारा सत्य की खोज से प्राप्त ज्ञान की राह दिखाती है।"

राधाकृष्णन् ने हिन्दू समाज के आदर्शों को दुनिया के सामने रखा। वह मानते थे कि हिन्दू धर्म सिद्धान्तों की एकता के आधार पर धर्मों में एकता नहीं खोजता, बल्कि सामान्य जिज्ञासा में और खोज में एकता ढूंढता है। हिन्दू धर्म सब प्रकार के विश्वासों को स्वीकार करता है और उनको ऊंचे स्तर पर उठाता है।

उपराष्ट्रपति पद पर रहते हुए उन्होंने अनेक विदेश यात्राएं कीं। प्रत्येक यात्रा का निष्कर्ष निकलता – दो देशों की सुखद मैत्री। इस प्रकार उन्होंने विदेशी मैत्री के बीच की कड़ी की ज़िम्मेदारी बख़ूबी निभाई। उन्होंने राज्यसभा के सभापति होने का दायित्व भी बेहद ख़ूबी के साथ निभाया। सभी लोगों में अद्भुत सामंजस्य था, जो किसी को भी अमर्यादित कार्य नहीं करने देता।

विख्यात दीक्षांत व्याख्यान

23 जनवरी, 1957 को कलकत्ता विश्वविद्यालय के शताब्दी समारोह में उपाधि वितरण के अवसर पर डॉ. सर्वेपल्लि राधाकृष्णन् ने एक सारगर्भित भाषण दिया था। उन्होंने कहा था –

"बंगाल में अपने शासन के शुरू के पचास वर्षों में ईस्ट इडिया कंपनी ने आधुनिक शिक्षा-प्रणाली लागू करने की इच्छा नहीं की। एक बात यह थी कि उस समय का प्रमुख व्यक्ति वारेन हेस्टिंग्ज प्राचीन भारतीय ग्रंथों का सच्चा प्रशंसक था और उसने भारत की प्राचीन संस्कृति को पुनर्जीवित करने का प्रयत्न किया। भारत के तत्कालीन अंग्रेजी नेता भारतीयों के विश्वास में बाधा नहीं देना चाहते थे और इसलिए उन्होंने अपनी प्राचीन विधाओं के अध्ययन को प्रोत्साहन दिया। वह ईसाई मिशनरियों और डेविड हेयर तथा राजा राममोहन राय जैसे प्रगतिशील नेताओं से मिला। जब मैकाले सार्वजनिक शिक्षा-समित का अध्यक्ष बना, तब उसने फरवरी, 1935 में अपना प्रसिद्ध विवरण लिखा, जिसमें भविष्य में भारतीयों को आधुनिक शिक्षा देने का निर्णय किया गया। लॉर्ड विलियम बैंटिक ने मैकाले के परामर्श को स्वीकार किया और यह निश्चय किया कि

शिक्षा के लिए उपलब्ध धन विशेष रूप से अंग्रेजों के माध्यम से आधुनिक शिक्षा देने वाले स्कूलों और कॉलेजों को चलाने में व्यय किया जाना चाहिए। सार्वजनिक शिक्षा-विभाग 1855 में खोले गये विश्वविद्यालय में यह खर्च किया।

"प्रारंभिक वर्षों में यह विश्वविद्यालय भारत के एक बड़े भाग बंगाल, बिहार, उड़ीसा, आसाम, संयुक्त प्रांत, मध्य प्रदेश, बर्मा और श्रीलंका के कॉलेजों की शिक्षा का नियंत्रण करता था। धीरे-धीरे नए-नए विश्वविद्यालय का क्षेत्र घट गया। जब विश्वविद्यालय शुरुआत में खोले गए, तब केवल परीक्षाएं लेते थे। स्वर्गीय श्री आशुतोष मुखर्जी के सुप्रयत्नों का यह फल हुआ कि इस विश्वविद्यलय के अधीन कलाओं और शुद्ध तथा व्यावहारिक विज्ञानों के स्नातकोत्तर विभाग खोले गए। इस विश्वविद्यालय की पहली मुहर में 'विद्या की प्रगति' शब्द अंग्रेजी में अंकित थे और यही इसका मुख्य लक्ष्य बन गया। यह विश्वविद्यालय महान वैज्ञानिक और विख्यात विद्वान पैदा कर चुका है। हमारे समय में रायल सोसायटी के जो नौ फेलो चुने गए, उनमें से पांच, जगदीश बोस, रमन साहा, कृष्णन और महालानोबिस इसी विश्वविद्यालय में काम करते थे। दो नोबल पुरस्कार विजेता, रवीन्द्रनाथ टैगोर साहित्य में और चंद्रशेखर वेंकटरमन भौतिक-विज्ञान में इस विश्वविद्यालय से संबन्धित थे। इसके कई विद्वान और वैज्ञानिक अपने विचारों की शुद्धता और विद्या-प्रेम से साहित्य, कला, विज्ञान और विद्वत्ता में महत्त्वपूर्ण अभिवृद्धि कर चुके हैं।

"अगर हम दुनिया के इतिहास को देखें, तो पाएंगे कि सभ्यता

दीक्षांत समारोह में एक नेत्रहीन का प्रमाण-पत्र देखते हुए राधाकृष्णन्

का निर्माण उन महान ऋषियों और वैज्ञानिकों के हाथों से हुआ है, जो स्वयं विचार करने की सामर्थ्य रखते हैं, जो देश और काल की गहराइयों में प्रवेश करते हैं, उनके रहस्यों का पता लगाते हैं और इस तरह से प्राप्त ज्ञान का उपयोग विश्व श्रेय या लोक-कल्याण के लिए करते हैं। विश्वविद्यालयों की मनुष्य की अजेय आत्मा में आस्था होती है और उन्हें चाहिए कि वे विद्वानों और साहित्यकारों को बिना बाधा के अध्ययन-अनुशीलन की पूरी सुविधा दें। उन्हें चाहिए कि वे प्रत्येक सत्यान्वेषण को वहां तक ले जाने का पूरा अवसर दें, जहां

तक उसकी बुद्धि कल्पना और ईमानदारी उसे ले जा सकती है। कोई भी आजादी तब तक सच्ची नहीं होती, जब तक उसे विचार की आजादी प्राप्त न हो। किसी भी धार्मिक विश्वास या राजनीति सिद्धांत को सत्य की खोज में बाधा नहीं देनी चाहिए।

"पिछले सौ वर्षों के अंदर इस विश्वविद्यालय ने इस देश के निवासियों के लिए विचारों की तरफ की नई दुनिया खोली है तथा नए दृष्टिकोणों का विकास करने, महान उद्देश्यों को सहारा देने, विचार और जीवन के नए आंदोलनों को पैदा करने और राजनीतिक और आर्थिक, धार्मिक और सामाजिक स्वतंत्रता को फैलाने में मदद की है। हमारे देश की जो सांस्कृतिक जागृति पिछले सौ वर्षों के अन्दर हुई है, वह आधुनिक विचार और आलोचना का हमारी प्राचीन विद्या पर प्रभाव पड़ने का फल है। जब हम विद्यार्थियों को एक विश्वविद्यालय में शिक्षा देते हैं। जब हम उनको जिज्ञासु और आलोचक बनाते हैं, तब स्वाभाविक है कि वे राजनीतिक स्वतंत्रता और लोकतंत्रीय शासन की मांग करेंगे। भारत आने से पूर्व मैकाले ने हाउस ऑफ कामन्स में कहा था, 'क्या हम भारतवासियों को अज्ञानी बनाए रखना चाहते हैं ताकि वे अधीर बने रहें? या हम सोचते हैं कि हम महत्वाकांक्षा जगाए बिना उनको ज्ञान दे सकते हैं? या हमारा मतलब है कि हम महत्वाकांक्षा जगाएं और उनको निकालने के लिए कोई वैध रास्ता न दें? यह संभव है कि भारतीय जनता का मस्तिष्क हमारी प्रणाली से विकसित हो और यहां तक विकसित हो कि हमारे काबू से बाहर निकल जाए। संभव है कि अच्छे शासन के द्वारा हम अपनी प्रजा को इतनी शिक्षा दें कि उसके अंदर अच्छे शासन की योग्यता आ

जाए, संभव है कि यूरोरीय ज्ञान की शिक्षा प्राप्त करके भविष्य में कभी वे यूरोपियन संस्थाओं की मांग करने लगें। मैं नहीं जानता कि ऐसा दिन कभी आएगा। जब भी हम वह आएगा वह अंग्रेजी इतिहास का सबसे गौरवपूर्ण दिन होगा।' राजदंड हमारे हाथ से जा सकता है। हमारी विजय अस्थिर हो सकती है लेकिन एक विजय ऐसी भी होती है जो कभी हारती नहीं है। एक साम्राज्य ऐसा भी है, जो क्षय के सभी कारणों से मुक्त होता है। ऐसी विजय बर्बरता के ऊपर ज्ञान की शांतिपूर्ण विजय है। ऐसा साम्राज्य हमारी कलाओं और हमारी नैतिकता का, हमारे साहित्य और हमारे कानूनों का साम्राज्य है।

"जब हम देश के नवयुवकों को आजादी की शिक्षा देते हैं। उन्हें यह सिखाते हैं कि शासक का कर्तव्य शासित की राय लेकर शासन करना है, तब अवश्य ही वे अधीनता से निकलकर आजादी की मांग करेंगे। इस विश्वविद्यालय के प्रथम स्नातकों में से एक बंकिमचन्द्र चटर्जी ने हमें 'वन्दे मातरम्' का महान गीत दिया।" इसी के साथ में अपना दीक्षांत व्याख्यान समाप्त करता हूं।

"वन्दे मातरम्!"

राष्ट्रपति पद पर चुनाव

सन् 1962 में डॉ. सर्वेपल्लि राधाकृष्णन् को राष्ट्रपति पद के लिए चुना गया। यूं तो सन् 1961 में भी राजेन्द्र प्रसाद की बीमारी व उनकी मॉस्को यात्रा के दौरान कार्यवाहक राष्ट्रपति रह चुके थे, किन्तु उन्होंने उस अवधि में न तो राष्ट्रपति का वेतन लिया और न ही राष्ट्रपति आवास में रहने गए। इस महत्त्वपूर्ण पद पर उनकी नियुक्ति का सारे संसार में स्वागत किया गया। तभी चीन का आक्रमण हुआ। उस समय लोगों को उनकी तात्कालिक निर्णय क्षमता का परिचय मिला। उन्होंने भारत रक्षा क़ानून पुनः जारी किया और संकटकालीन घोषणा की। सन् 1967 तक राष्ट्रपति के रूप में वह देश की सेवा करते रहे। एक बार विख्यात दार्शनिक प्लेटो ने कहा था – 'राजाओं को दार्शनिक होना चाहिए और दार्शनिकों को राजा।' प्लेटो के इस कथन को 1962 में डॉ. सर्वेपल्लि राधाकृष्णन् ने तब सच कर दिखाया, जब वह भारत के दूसरे राष्ट्रपति निर्वाचित हुए। इस प्रकार एक दार्शनिक ने राजा की हैसियत प्राप्त की। 13 मई, 1962 को 31 तोपों की सलामी के साथ ही इनकी राष्ट्रपति के पद पर ताजपोशी हुई। इस संदर्भ में भारत सरकार के द्वारा गजट

में एक अधिसूचना प्रकाशित हुई, जो विशिष्ट भाग द्वितीय, वर्ग 3 उपसर्ग द्वितीय दिनांक 17 मई, 1962 की एस. ओ. संख्या 1858 के अंतर्गत थी। बर्टेड रसेल जो विश्व के जाने-माने दार्शनिक थे, वह राधाकृष्णन् के राष्ट्रपति बनने पर अपनी प्रतिक्रिया को रोक नहीं पाए।

उन्होंने कहा था कि यह विश्व के दर्शनशास्त्र का सम्मान है कि महान भारतीय गणराज्य ने डॉ. सर्वेपल्लि राधाकृष्णन् को राष्ट्रपति के रूप में चुना और एक दार्शनिक होने के नाते मैं विशेषतः खुश हूं। प्लेटो ने कहा था कि दार्शनिकों को राजा होना चाहिए और महान भारतीय गणराज्य ने एक दार्शनिक को राष्ट्रपति बनाकर प्लेटो

को सच्ची श्रद्धांजलि अर्पित की है। 1962 में ग्रीस के राजा ने जब भारत का राजनयिक दौरा किया तो डॉ. सर्वेपल्लि राधाकृष्णन् ने उनका स्वागत करते हुए कहा था कि महाराज, आप ग्रीस के पहले राजा हैं, जो कि भारत में अतिथि की तरह आए हैं। अलेक्जेण्डर यहां अनिमंत्रित मेहमान बनकर आए थे।

राष्ट्रपति बनने के बाद राधाकृष्णन् ने भी पूर्व राष्ट्रपति डॉ. राजेन्द्र प्रसाद की भांति स्वैच्छिक आधार पर राष्ट्रपति के वेतन से कटौती कराई थी। उन्होंने घोषणा की कि सप्ताह में दो दिन कोई भी व्यक्ति उनसे बिना पूर्व अनुमति के मिल सकता है। इस प्रकार राष्ट्रपति भवन को उन्होंने सर्वहारा वर्ग के लिए खोल दिया। राष्ट्रपति बनने के बाद वह ईरान, अफगानिस्तान, इंग्लैण्ड, अमेरिका, नेपाल, यूगोस्लाविया, चेकोस्लोवाकिया, रूमानिया, ग्रेट ब्रिटेन तथा आयरलैण्ड भी गए। वह अमेरिका के राष्ट्रपति भवन 'व्हाइट हाउस' में हेलीकॉप्टर से मुख्य अतिथि के रूप में पहुंचे थे। इससे पूर्व विश्व का कोई भी व्यक्ति व्हाइट हाउस में हेलीकॉप्टर द्वारा नहीं पहुंचा था।

भारत के प्रथम राष्ट्रपति डॉ. राजेन्द्र प्रसाद की तुलना में राधाकृष्णन् का कार्यकाल काफी कठिनाइयों से भरा था। इनके कार्यकाल में जहां चीन और पाकिस्तान से युद्ध हुए, वहीं पर दो प्रधानमंत्रियों की पद पर रहते हुए मृत्यु भी हुई। 1962 में जब चीन ने भारत पर आक्रमण किया था, तो भारत की अपमानजनक पराजय हुई थी। उस समय वी. के. कृष्णामेनन भारत के रक्षामंत्री थे। तब पंडित नेहरू को डॉ. सर्वेपल्लि राधाकृष्णन ने ही मजबूर किया था कि

कृष्णामेनन से इस्तीफा तलब करें, जबकि नेहरू जी ऐसा नहीं चाहते थे। चीन के साथ युद्ध में पराजित होने के बाद डॉ. सर्वेपल्लि राधाकृष्णन् ने पंडित नेहरू की भी आलोचना की थी। बेशक वह पंडित नेहरू के काफी निकट थे, लेकिन उन्होंने आलोचना के स्थान पर आलोचना की और मार्गदर्शन की आवश्यकता होने पर मार्गदर्शन भी किया। यह राधाकृष्णन् ही थे जिन्होंने पंडित नेहरू को मजबूर किया था कि वह लालबहादुर शास्त्री को केन्द्रीय मंत्रिमण्डल में स्थान प्रदान करें। उस समय कामराज योजना के अंतर्गत शास्त्री जी बिना विभाग के मंत्री थे। पंडित नेहरू के गम्भीर रूप से बीमार रहने के बाद प्रधानमंत्री कार्यालय शास्त्री जी के परामर्श से ही चलता था।

डॉ. सर्वेपल्लि राधाकृष्णन् के कार्यकाल में ही पंडित नेहरू और शास्त्री जी की प्रधानमंत्री के पद पर रहते हुए मृत्यु हुई थी। लेकिन दोनों बार नये प्रधानमंत्री का चयन सुगमतापूर्वक किया गया। जबकि दोनों बार उत्तराधिकारी घोषित नहीं था और न ही संवैधानिक व्यवस्था में कोई निर्देश था कि ऐसी स्थिति में क्या किया जाना चाहिए?

1967 के गणतंत्र दिवस पर डॉ. सर्वेपल्लि राधाकृष्णन् ने देश को सम्बोधित करते हुए यह स्पष्ट किया था कि वह अब किसी भी सत्र के लिए राष्ट्रपति नहीं बनना चाहेंगे। यद्यपि कांग्रेस के नेताओं ने उनसे काफी आग्रह किया कि वह अगले सत्र के लिए भी राष्ट्रपति का दायित्व ग्रहण करें, लेकिन राधाकृष्णन् ने अपनी घोषणा पर पूरी तरह से अमल किया। कुछ समय बाद उन्हें महसूस हुआ कि उनका राष्ट्रपति पद पर बने रहना कुछ लोगों को अखरता

इंदिरा गांधी को मंत्री पद की शपथ दिलाते हुए राधाकृष्णन्

है। अतः उन्होंने पद त्यागने का निर्णय ले लिया। उनके लिए इतना बड़ा पद भी किसी मोह के योग्य नहीं था। अतः उन्होंने 9 अप्रैल, 1967 में एक वक्तव्य प्रकाशित करवाया, "कुछ माह पूर्व मैंने स्पष्ट रूप से इंगित किया था कि मैं इस पद को छोड़ना चाहता हूं। उसके पश्चात आम चुनावों के परिणामों और राज्य में विभिन्न राजनीतिक विचारों की सरकारों के बनने के फलस्वरूप विभिन्न पार्टियों के नेतागण मुझसे आग्रह करते रहे हैं कि मैं पद-त्याग न करूं, क्योंकि

देश की स्थिति संकटपूर्ण है। देश के सर्वोच्च पदों के बारे में हाल में जो दो घटनाएं घटी हैं, उनसे मुझे हार्दिक वेदना पहुंची है और मेरे पद-त्याग के पहले निश्चय को उसने दृढ़ कर दिया है।"

राधाकृष्णन् ने आन्तरिक प्रसन्नता के साथ नए राष्ट्रपति ज़ाकिर हुसैन का स्वागत किया। वह 13 मई, 1967 का दिन था।

हमारे देश में डॉ. राधाकृष्णन् के जन्मदिन 5 सितंबर को प्रतिवर्ष शिक्षक दिवस के रूप में मनाया जाता है। इस दिन समस्त देश में भारत सरकार द्वारा श्रेष्ठ शिक्षकों को पुरस्कार प्रदान किए जाते हैं। डॉ. सर्वेपल्लि राधाकृष्णन् गैर राजनीतिक व्यक्ति होते हुए भी देश के राष्ट्रपति बने। इससे यह साबित होता है कि यदि व्यक्ति अपने क्षेत्र में सर्वश्रेष्ठ कार्य करे, तो भी दूसरे क्षेत्र उसकी प्रतिभा से अप्रभावित नहीं रहते। डॉ. राधाकृष्णन् बहुआयामी प्रतिभा के धनी होने के साथ ही देश की संस्कृति को प्यार करने वाले व्यक्ति थे। उन्हें एक बेहतरीन शिक्षक, दार्शनिक, देशभक्त और निष्पक्ष एवं कुशल राष्ट्रपति के रूप में यह देश सदैव याद रखेगा। राष्ट्रपति बनने के बाद कुछ शिष्य और प्रशंसक उनके पास गए और उन्होंने निवेदन किया था कि वे उनका जन्मदिन शिक्षक दिवस के रूप में मनाना चाहते हैं। डॉ. राधाकृष्णन् ने कहा कि मेरा जन्मदिन शिक्षक दिवस के रूप में मनाने के आपके निश्चय से मैं स्वयं को गौरवान्वित अनुभव करूंगा। तभी से 5 सितंबर देश भर में शिक्षक दिवस के रूप में मनाया जा रहा है। डॉ. राधाकृष्णन् राष्ट्रपति के रूप में अपने कार्यकाल पूर्ण करने के बाद गृहराज्य के शहर मद्रास चले गए। वहां उन्होंने पूर्ण अवकाशकालीन जीवन व्यतीत किया। 1968 में उन्हें भारतीय

विद्या भवन के द्वारा सर्वश्रेष्ठ सम्मान देते हुए साहित्य अकादमी की सदस्यता प्रदान की गई। डॉ. राधाकृष्णन् ने एक साधारण भारतीय इंसान की तरह अपना जीवन गुजारा था। वह परम्परागत वेशभूषा में रहते थे। वह सफेद वस्त्र धारण करते थे और उस पर कोई भी दाग नहीं होता था। वह सिर पर दक्षिण भारतीय पगड़ी पहनते थे, जो कि भारतीय संस्कृति का प्रतीक बनकर सारे विश्व में जानी गई। राधाकृष्णन् साधारण खाना खाते थे और जीवन पर्यन्त शाकाहारी रहे। उन्होंने एक बेहतरीन लेखक के रूप में 150 से अधिक रचनाएं लिखकर विश्व साहित्य को काफी समृद्ध किया एवं नई पीढ़ी को विरासत में ज्ञान की अमूल्य धरोहर भेंट की।

छोटे बच्चों से उन्हें बेहद प्यार था। यदि पढ़ने के कमरे में बच्चे हो-हल्ला मचाते, तब भी उनकी एकाग्रता में कोई अन्तर नहीं आता था। बच्चों को वह भगवान का रूप मानते थे।

अपने दर्शन शास्त्रीय विचारों के प्रकाशन द्वारा सर्वेपल्लि राधाकृष्णन् ने पश्चिम का ध्यान अपनी ओर आकृष्ट किया। इन्हें 1922 में ऑक्सफोर्ड विश्वविद्यालय द्वारा दि हिन्दू व्यू ऑफ लाइफ विषय पर व्याख्यान देने के लिए आमंत्रित किया गया। इन्होंने लंदन में ब्रिटिश एम्पायर के अंतर्गत आने वाले विश्वविद्यालयों के सम्मेलन में कलकत्ता विश्वविद्यालय का प्रतिनिधित्व भी किया। 1926 में राधाकृष्णन् ने यूरोप और अमेरिका की यात्राएं भी कीं। इनका सभी स्थानों पर शानदार स्वागत किया गया।

इन्हें ऑक्सफोर्ड, कैम्ब्रिज, हॉवर्ड, प्रिंसटन और शिकागो विश्वविद्यालयों के द्वारा सम्मानित भी किया गया। डॉ. राधाकृष्णन् को

यूरोप एवं अमेरिका के प्रवास के प्रत्येक क्षणों की स्मृति थी। इंग्लैण्ड के समाचारों पत्रों ने इनके वक्तव्यों की आदर के साथ प्रशंसा की। उनकी टिप्पणियों से प्रकट होता था कि सर्वेपल्लि राधाकृष्णन् एक ऐसी प्रतिभा हैं, जो न केवल भारत के दर्शनशास्त्र की व्याख्या कर सकता है, बल्कि पश्चिम का दर्शनशास्त्र भी उनकी प्रतिभा के दायरे में आ जाता है। एक शिक्षाविद् के रूप में उनको असीम प्रतिभा का धनी माना गया। भारत के प्रथम राष्ट्रपति डॉ. राजेंद्र प्रसाद जी ने महान दार्शनिक शिक्षाविद और लेखक डॉ. राधाकृष्णन् को देश का सर्वोच्च अलंकरण भारत रत्न प्रदान किया। सन् 1963 की ब्रिटेन-यात्रा के दौरान उन्हें 'ऑर्डर ऑफ मैरिट' की उपाधि से विभूषित किया गया। राधाकृष्णन् एक विलक्षण पुरुष और मौलिक विचारक थे, जो हमेशा मनन करते रहने के बीच भी हंसने का अवसर नहीं गंवाते थे। मार्च 1975 में डॉ. सर्वेपल्लि राधाकृष्णन् को टेम्पलटन पुरस्कार से सम्मानित किया गया, जो कि धर्म के क्षेत्र में उत्थान के लिए प्रदान किया जाता है। इस पुरस्कार को ग्रहण करने वाले यह प्रथम गैर-ईसाई सम्प्रदाय के व्यक्ति थे।

जब डॉ. राधाकृष्णन् यूरोप एवं अमेरिका प्रवास से पुनः भारत लौटे तो यहां के विभिन्न विश्वविद्यालयों द्वारा उन्हें मानद उपाधियां प्रदान कर उनकी विद्वता का सम्मान किया गया। 1928 की शीत ऋतु में इनकी प्रथम मुलाकात पंडित जवाहर लाल नेहरू से उस समय हुई, जब वह कांग्रेस पार्टी के वार्षिक अधिवेशन में सम्मिलित होने के लिए कोलकाता आए हुए थे। यद्यपि सर्वेपल्लि राधाकृष्णन् भारतीय शैक्षिक सेवा के सदस्य होने के कारण किसी भी राजनीतिक

संभाषण में हिस्सेदारी नहीं कर सकते थे, तथापि उन्होंने इस वर्जना की कोई परवाह नहीं की और भाषण दिया। 1929 में इन्हें व्याख्यान देने हेतु मेनचेस्टर विश्वविद्यालय द्वारा आमंत्रित किया गया। इन्होंने मेनचेस्टर एवं लंदन में कई व्याख्यान दिए। इनकी शिक्षा सम्बन्धी उपलब्धियों के दायरे में निम्नवत संस्थानिक सेवा कार्यों को देखा जाता है –

- डॉ. राधाकृष्णन् वाल्टेयर विश्वविद्यालय, आंध्र प्रदेश के 1931 से 1936 तक वाइस चांसलर रहे।
- आक्सफोर्ड विश्वविद्यालय के 1936 से 1952 तक प्रोफेसर रहे।
- कलकत्ता विश्वविद्यालय के अंतर्गत आने वाले जॉर्ज पंचम कॉलेज के प्रोफेसर के रूप में 1937 से 1941 तक कार्य किया।
- 1939 से 1948 तक बनारस के हिन्दू विश्वविद्यालय के चांसलर रहे।
- 1953 से 1962 तक दिल्ली विश्वविद्यालय के चांसलर रहे।
- 1940 में प्रथम भारतीय के रूप में ब्रिटिश अकादमी में चुने गए।
- 1948 में यूनेस्को में भारतीय प्रतिनिधि के रूप में अपनी उपस्थिति दर्ज कराई।

निधन

डॉ. सर्वेपल्लि राधाकृष्णन् ने लम्बी बीमारी के बाद 17 अप्रैल, 1975 को प्रातःकाल अन्तिम सांस ली। वह अपने समय के एक महान दार्शनिक थे। देश के लिए यह अपूर्णीय क्षति थी।

शिक्षा के क्षेत्र में डॉ. सर्वेपल्लि राधाकृष्णन् का अमूल्य योगदान सदैव अविस्मरणीय रहेगा। वे बहुमुखी प्रतिभा के धनी थे। वह एक विद्वान, शिक्षक, वक्ता, प्रशासक, राजनयिक, देशभक्त और शिक्षा शास्त्री थे। अपने जीवन में अनेक उच्च पदों पर रहते हुए भी वह शिक्षा के क्षेत्र में अपना योगदान देते रहे। उनका कहना था कि यदि शिक्षा सही प्रकार से दी जाए तो समाज से अनेक बुराइयों को मिटाया जा सकता है।

लेखक कभी नहीं मरता, वह तो अपने लेखन के बल पर हमेशा ही जिंदा रहता है और लोग उसे हमेशा याद करते रहते हैं। उसके विचार लोगों को अपनी पुस्तकों के माध्यम से आज भी प्रेरित करते ही रहते हैं। ऐसा ही कुछ डॉ. राधाकृष्णन् के साथ हुआ है। वे भले ही भौतिक शरीर से हमारे साथ न हों, लेकिन लेखन के बल पर वे आज भी लाखों लोगों के दिलों में जिंदा हैं। देश के सबसे

प्रतिष्ठित प्रकाशन संस्थान हिन्द पॉकेट बुक्स से आज भी उनकी सभी प्रमुख पुस्तकों का प्रकाशन होकर उनका प्रचार-प्रसार हो रहा है। जब हिन्द पॉकेट बुक्स ने उनकी पहली पुस्तक प्रकाशित की तो उन्होंने कहा था, 'हिन्दी में सस्ते दामों की पुस्तकों में यह एक अच्छा प्रयास है। आप उपयोगी काम कर रहे हैं।'

डॉ. राधाकृष्णन् के पुत्र डॉ. एस. गोपाल ने 1989 में उनकी जीवनी का प्रकाशन किया। इसके पूर्व डॉ. सर्वेपल्लि राधाकृष्णन् के व्यक्तित्व तथा जीवन की घटनाओं के सम्बन्ध में किसी को भी अधिकाधिक जानकारी नहीं थी और न ही उनके रिश्तों के बारे में कुछ मालूम था। बाद में स्वयं उनके पुत्र ने भी माना कि उनके पिता की व्यक्तिगत ज़िंदगी के विषय में लिखना एक बड़ी चुनौती थी और एक नाजुक मामला भी। लेकिन डॉ. एस. गोपाल ने पिता के साथ अपने सम्बन्धों को भी जीवनी में रेखांकित किया। 1952 में न्यूयॉर्क में लाइब्रेरी ऑफ लिविंग फिलोसफर्स के नाम से एक श्रृंखला दी गई, जिसमें सर्वेपल्लि राधाकृष्णन् के बारे में अधिकारिक रूप से लिखा गया था। स्वयं राधाकृष्णन् ने उसमें दर्ज सामग्री का कभी खंडन नहीं किया।

•••

प्रश्नयोत्तरी

1. बालक राधाकृष्णन् किससे डरकर भागे थे?

   (अ) बंदरों से　　(ब) विवेकानंद से
   (स) अंग्रेज़ों से　　(द) गांधी से

2. बालक राधाकृष्णन् का किस संन्यासी ने उत्साहवर्धन किया?

   (अ) स्वामी दयानंद　　(ब) रामकृष्णन् परमहंस
   (स) बिनोवा भावे　　(द) स्वामी विवेकानंद

3. डॉ. राधाकृष्णन् ने बाल्यकाल कहां गुजारा था?

   (अ) पडल्ली में　　(ब) तिरुतनि में
   (स) कोलमाल में　　(द) हैदराबाद में

4. डॉ. राधाकृष्णन् की पत्नी का क्या नाम था?

   (अ) सिवाकामू　　(ब) राधा
   (स) सर्वेपल्लि　　(द) अंगूरी

5. डॉ. राधाकृष्णन् ने किस विषय में विशिष्ट योग्यता प्राप्त की?

   (अ) हिन्दी में　　(ब) दर्शन-शास्त्र में
   (स) गणित　　(द) विज्ञान में

6. डॉ. राधाकृष्णन् ने किसका गहरा अध्ययन किया?

(अ) रामायण का (ब) कुरान
(स) बाइबिल का (द) हिन्दुत्व का

7. डॉ. राधाकृष्णन् की योग्यता को सबसे पहले किसने पहचाना?

(अ) गांधी जी ने (ब) नेहरू जी ने
(स) विश्वेश्वरैया ने (द) सुभाष ने

8. डॉ. राधाकृष्णन् की गांधी जी से सर्वप्रथम कब भेंट हुई?

(अ) 1849 में (ब) 1915 में
(स) 1947 में (द) 1960 में

9. डॉ. राधाकृष्णन् को राष्ट्रपति पद के लिए कब चुना गया?

(अ) 1947 में (ब) 1963 में
(स) 1992 में (द) 1962 में

10. डॉ. राधाकृष्णन् का निधन कब हुआ?

(अ) 17 अप्रैल 1975 (ब) 19 अप्रैल 1975
(स) 20 अप्रैल 1975 (द) 25 अप्रैल 1975

उत्तर

1. अ 2. द 3. ब 4. अ 5. ब 6. द 7. स 8. ब 9. द 10. अ